HORS-JEU

Irene Punt

Illustrations de
Ken Steacy

Texte français d'Isabelle Allard

Éditions
SCHOLASTIC

Dans la même collection :

Tir au but
Mise au jeu

Catalogage avant publication de Bibliothèque et Archives Canada
Punt, Irene, 1955-
[Hockey rules! Français]
Hors-jeu / Irene Punt ; illustrations de Ken Steacy ;
texte français d'Isabelle Allard.
(Hockey junior)
Traduction de: Hockey rules!

ISBN 978-1-4431-0638-2

I. Steacy, Ken II. Allard, Isabelle III. Titre. IV. Titre: Hockey rules!
Français. V. Collection: Punt, Irene, 1955- . Hockey junior.

PS8581.U56H6214 2010   jC813'.54   C2010-903213-6

Édition publiée par les Éditions Scholastic,
604, rue King Ouest, Toronto (Ontario) M5V 1E1

5 4 3 2 1   Imprimé au Canada 121   10 11 12 13 14

Table des matières

*Pour Harty et son amour du hockey,
en tant que joueur et arbitre.*

— I.P.

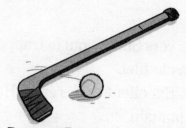

Le hockey de rue

Thomas court avec la balle, la dirigeant avec son bâton vers le trottoir. D'une poussée de sa palette vers le haut, il l'expédie en direction du filet. Justin l'attrape dans son gant de gardien.

— Bel arrêt! lance Hubert avec un sourire en coin.

Hubert garde souvent Thomas. Il joue au hockey depuis dix ans et connaît tout sur ce sport.

— Ouais! Je suis imbattable! se vante Justin en relançant la balle dans la rue.

Elle roule vers Simon, qui la frappe et l'envoie rebondir dans le filet.

— Bravo! Excellent but! s'écrie Hubert en lui tapant dans la main.

Justin prend son expression de gardien de but féroce. Tout le monde éclate de rire.

— Bon, les gars, il est temps d'arrêter de jouer pour ce soir, déclare Hubert.

— Quoi? proteste Thomas. Pas tout de suite!

Hubert lève la main.

— Hé oui! On a tous des devoirs à faire, n'est-ce pas?

— Des devoirs? Ouache! dit Mathieu. Le hockey de rue : voilà les seuls devoirs que j'aime. C'est un entraînement pour notre prochaine partie de hockey.

Thomas, Mathieu, Simon et Justin font partie de l'équipe des Faucons de Grand-Lac. Ils doivent s'entraîner le plus souvent possible.

— C'est vrai, ce sont les ordres d'Hugo, l'entraîneur! C'est notre devoir de hockey! dit Thomas.

Hubert éclate de rire.

— Bon, bon d'accord. Mais seulement cinq

minutes de plus, dit-il avant d'effectuer un lancer du poignet.

Thomas et ses copains s'élancent à la

poursuite de la balle en criant :

— Vive le hockey! Vive Hubert! C'est le meilleur!

À 19 h 15, la montre de Justin émet un bip.

À 19 h 16, la mère de Simon lui téléphone pour l'avertir qu'il est l'heure de rentrer.

À 19 h 17, la sœur de Mathieu arrive et lui dit :

— C'est l'heure de rentrer!

La partie est officiellement finie. Justin met ses jambières sur son épaule.

— Hé, Hubert, dit-il, j'aimerais bien que tu viennes me garder!

— Moi aussi! renchérit Simon. Allez, dis oui!

Hubert répond :

— Désolé, la mère de Thomas a réservé tout mon temps. Et en plus...

— Thomas est chanceux! s'écrient ses amis.

Ouais, pense Thomas. *Hubert est le meilleur, et il est mon gardien.*

Le règlement, c'est le règlement!

Le lendemain soir. 18 h. À l'Aréna du Centenaire.

Hugo, l'entraîneur, donne un coup de sifflet pour rassembler son équipe. Thomas, essoufflé, patine vers lui et se joint au groupe.

— Bons exercices, les gars! déclare l'entraîneur en tapant dans ses mains. Vous avez travaillé fort et ça donne des résultats. Le site Web de Hockey Calgary dit que notre équipe est... NUMÉRO UN!

— Numéro un! On est numéro un!

Tous les joueurs poussent des exclamations en frappant leurs bâtons sur la glace. Thomas aime bien son entraîneur. Il aime son équipe. C'est agréable d'être parmi les meilleurs.

— Avez-vous des questions? demande l'entraîneur.

Thomas veut l'interroger au sujet du hors-jeu. Comme la plupart de ses coéquipiers, il ne comprend pas très bien la règle selon laquelle il faut attendre que la rondelle traverse d'abord la ligne bleue.

— Moi, j'ai une question! déclare Mathieu. Est-ce que je devrais manger un hot-dog ou des croustilles aux cornichons après l'entraînement?

Thomas lui donne un coup de coude.

L'entraîneur lève les yeux au ciel et s'éclaircit la gorge.

— Bon, faisons un jeu dirigé pour les quinze minutes qui restent. Séparez-vous en deux groupes. Les chandails clairs contre les chandails foncés. Cinq sur la glace, deux sur le banc.

Simon, un défenseur, et Justin, le gardien de

but, portent des chandails foncés. Thomas fait signe à Mathieu de s'approcher. Ils portent tous les deux des chandails blancs.

Les équipes sont prêtes. L'entraîneur se place au centre de la patinoire et laisse tomber la rondelle. Thomas remporte la mise au jeu et fait une passe parfaite à Mathieu.

Ce dernier s'empare de la rondelle et s'élance sur la glace. Simon le suit en avançant son bâton pour tenter de lui dérober la rondelle. Mathieu lève son bâton pour un lancer frappé. *OUMF!* La palette du bâton s'abat sur l'épaule de Simon, qui

s'effondre sur la glace, les membres écartés comme une étoile de mer.

— Aïe aïe aïe! gémit-il.

L'entraîneur donne un coup de sifflet et le jeu s'arrête. Il s'accroupit près de Simon.

— Ça va?

Simon lui jette un regard vide.

— Ouais.

Il se lève lentement, avec l'aide de Mathieu.

— Aaaaïe!

Les joueurs frappent leurs bâtons sur la glace.

L'entraîneur déclare d'une voix ferme :

— Écoutez, les gars. C'était un bâton élevé. Vous ne pouvez pas faire ça. Vous devez maîtriser votre bâton! Sinon, vous pourriez frapper quelqu'un à la tête et lui causer une commotion cérébrale. Cette faute entraîne une pénalité de deux minutes, et de cinq minutes s'il y a blessure. Le règlement, c'est le règlement!

Mathieu fronce les sourcils.

— J'essayais seulement de compter.

L'entraîneur dit d'un air sérieux :

— Regardez bien, tout le monde.

Il commence à lever son bâton.

— Dites-moi
d'arrêter quand ce
sera trop haut.

Il continue de le
lever.

— ARRÊTEZ!
s'écrient la plupart des
joueurs, car ils savent
tous que la limite est
l'épaule de
l'adversaire.

— Bon! Et maintenant, PAS de bâton élevé!
dit Hugo en laissant tomber la rondelle pour la
mise au jeu.

Quelques minutes plus tard, il interrompt le
jeu et explique la pénalité pour accrochage,
pendant que Simon se frotte les tibias.

Thomas est sur le banc avec Mathieu.

— Tu te souviens quand l'entraîneur était
moins sévère? Il nous laissait jouer sans nous
interrompre tout le temps, dit Mathieu avec un
gros soupir. Maintenant, on commence, puis on
s'arrête, on recommence, et on s'arrête encore!

On essaie juste de compter des buts, non?

Thomas jette un coup d'œil à l'entraîneur, qui s'apprête à donner un coup de sifflet.

— Les joueurs de hockey qui ont toujours des pénalités sont des bagarreurs. Je ne veux pas être un bagarreur. Et toi? demande Thomas.

Mathieu éclate de rire.

— Les joueurs les plus vieux sont des bagarreurs, pas nous! Ils s'attaquent aux autres joueurs exprès. Nous, on essaie seulement de gagner. Et de rester numéro un! Dis donc, j'ai tellement faim que je pourrais manger dix hot-dogs et dix sacs de croustilles, déclare-t-il en se frottant le ventre.

Soudain, deux joueurs en chandail blanc filent vers le banc. Thomas et Mathieu se hâtent d'aller prendre position sur la glace. La rondelle vient frapper la palette de Mathieu, qui fait une passe à Thomas. Ce dernier dirige la rondelle le long de la bande et derrière le filet. Après un virage habile, il décoche un tir en contournant le filet. La rondelle glisse dans le but en frôlant le patin de Justin.

L'entraîneur montre le filet en souriant.

— But! s'écrie Thomas en donnant un coup de poing dans les airs. Ouais! Youpi!

PAN! PAN! PAN!

Thomas tourne la tête. Quelqu'un tape sur la vitre des spectateurs en criant à tue-tête :

— Super, Thomas! Beau but! BRAVO!

Hubert l'arbitre

À 18 h 15, la sirène retentit. L'entraînement est terminé.

Thomas, Simon, Mathieu et Justin traversent la patinoire. Lorsqu'ils parviennent à la porte, Hubert les attend avec un sac de caramels au chocolat.

— Hubert! s'écrient les garçons tout enjoués en l'entourant.

— Excellent but! Belle passe! s'exclame Hubert en tapant dans la main de Thomas et de Mathieu.

Thomas prend une poignée de friandises.

— Qu'est-ce que tu fais ici? demande-t-il à son gardien.

Hubert lui montre un petit livre. C'est le

même qu'il lisait l'autre soir : *Hockey Canada : Règles de jeu officielles*. On voit la photo d'un arbitre sur la couverture.

— J'ai réussi à l'examen! annonce-t-il. Je suis arbitre, maintenant!

— Génial! s'exclament les garçons.

Hubert se penche vers eux en chuchotant :

— Je suis un peu nerveux à l'idée d'être arbitre, alors j'ai besoin d'encouragements...

Les garçons se mettent à scander :

— Hubert l'arbitre! Hubert est super!

— Merci, les gars, dit Hubert en souriant.

Les quatre amis se dirigent vers le vestiaire en scandant de plus en plus vite :

— Hubert l'arbitre! Hubert l'arbitre! Hubert est super!

Thomas ouvre la porte et annonce au reste de l'équipe :

— Mon gardien va être le meilleur arbitre du monde!

— Ouais! Vive HUBERT! crie Mathieu en ouvrant la bouche si grand qu'il en perd son protège-dents.

Justin jette un coup d'œil envieux à Thomas.

— Tu as de la chance de te faire garder par Hubert.

Thomas lui sourit, la bouche pleine de caramels au chocolat.

Il est tout à fait d'accord.

Notre ville

Jeudi. À l'école.

Thomas, Mathieu, Simon et Justin sont assis à une table et dessinent leur portrait pour le cours d'études sociales. Leur enseignante, Mme Wong, décore le nouveau babillard.

Simon ajoute un œil au beurre noir à son dessin. Il a tendance à avoir des accidents et arbore toujours au moins un bleu.

Justin se représente avec son expression de gardien de but féroce.

— Je me suis dessiné avec mon chandail des Flammes, déclare Thomas. Il appartenait à Hubert, avant.

— Moi, je vais me faire une moustache, dit Mathieu en cherchant le marqueur brun.

Thomas éclate de rire. Mathieu est tellement drôle.

15

— Non! dit Karine, debout derrière eux. Votre portrait doit être authentique. *Réaliste*. Arrêtez donc de faire les fous!

Elle prend une poignée de marqueurs et retourne à son pupitre.

— Hé! proteste Simon. Maintenant, il n'y a plus de marqueur rouge pour faire des égratignures. Et pas de beige pour les pansements! Comment je vais pouvoir terminer mon dessin?

— Rapporte ces marqueurs! grogne Justin.

Karine fait la grimace.

— Elle devrait dessiner des cornes de diablesse sur son portrait, blague Mathieu.

Tchac! Tchac! Tchac! Mme Wong agrafe une carte de Calgary sur le babillard. *Tchac! Tchac! Tchac!* Elle agrafe des points d'interrogation autour de la carte, puis se tourne vers la classe.

— Quand vous aurez terminé, vous découperez votre portrait, dit-elle. Puis vous l'agraferez sur le babillard qui a pour thème « Notre ville ». Ensuite, j'aimerais que vous réfléchissiez à notre ville et à tous les gens qui contribuent à son bon fonctionnement. Quels

sont les gens indispensables dans notre ville?

Telle une explosion, les réponses fusent en même temps, lancées par la moitié des élèves :

— Les pompiers!

— Les policiers!

— Les facteurs!

— Les boulangers!

— Les médecins!

— Les infirmières!

— Les coiffeurs!

— Les chauffeurs d'autobus!

L'enseignante déclare :

— Excellent! Parmi ces métiers, choisissez-en un sur lequel vous voulez en savoir plus, et dessinez la personne qui l'exerce. Les dessins seront affichés au babillard. Ensuite, nous inviterons ces gens à venir dans notre classe! Et ce qui est encore mieux...

Elle ouvre le placard derrière son bureau. Huit jeux de Monopoly sont empilés sur l'étagère du centre.

— ... c'est que vous jouerez au Monopoly avec nos visiteurs, poursuit-elle. Et vous pourrez leur poser plein de questions sur notre ville.

— Yé! crie toute la classe.

Au *Monopoly*! Soudain, le visage de Thomas s'illumine. Il adore le Monopoly. Il joue souvent avec sa grand-mère. Et il gagne toujours.

Amélie lève la main :

— Vous connaissez tous mon père, M. Woz, l'agent de police. Il pourrait nous rendre visite. C'est le meilleur joueur de Monopoly de tout le poste de police. Je vais le dessiner en uniforme.

— Hé, Thomas! dit Mathieu. Attends que M. Woz joue au Monopoly avec *toi*! On verra qui est le meilleur!

18

— Ouais! dit Thomas, s'imaginant déjà posséder des hôtels et des maisons sur la Promenade.

— Je vais dessiner un conducteur de resurfaceuse, dit Mathieu. Il faut que la glace soit belle! En plus, j'aimerais bien savoir comment fonctionne cette machine!

— Moi, je vais dessiner le gardien de but des Flammes, dit Justin.

— Et moi, Hugo, l'entraîneur, déclare Simon. Avec ses bouteilles d'eau.

— Le hockey, le hockey, encore le hockey! grogne Karine. Comment le *hockey* aide-t-il notre ville?

— Devinez qui je vais dessiner? lance Thomas, tout en s'efforçant de trouver une idée géniale au plus vite.

— Qui? demande Karine.

— Un gardien d'enfants! Certains parents ne pourraient pas travailler s'ils n'en avaient pas!

Thomas sourit de toutes ses dents et tend la

main vers un marqueur de couleur noire. Puis il dessine Hubert, vêtu d'un chandail rayé d'arbitre.

— Bonne idée, dit Mme Wong à Thomas. Tous les gens qui travaillent fort contribuent à rendre notre ville plus agréable. C'est un travail d'équipe.

Elle leur montre des feuilles de papier ligné et ajoute :

— Votre devoir sera d'écrire des questions intéressantes à poser aux gens qui rendent la vie agréable dans notre ville. Votre copie au propre ira sur le babillard à côté de votre portrait.

Elle écrit au tableau :

NOTRE VILLE
Devoir à remettre lundi!

1. Copiez votre liste de questions au propre.

2. Lisez les règles du Monopoly.

— Il est important de connaître les règles du jeu, dit-elle aux élèves. Jouer selon les règles rend le jeu juste pour tout le monde. Et je veux beaucoup de questions!

Thomas sourit.

— En voici une : Quand aura lieu notre prochaine partie de hockey à l'Aréna du Centenaire? Et la réponse est : samedi à 14 h!

Ses amis et lui lèvent les pouces dans les airs.

Au jeu!

Samedi. 13 h.

— Tout le monde dans l'auto! crie le père de Thomas.

— D'accord! répond sa mère.

Elle fait le tour de la maison, éteint les lumières et saisit sa veste, ses gants et une couverture.

Thomas et Mathieu mettent leurs sacs de hockey et leurs bâtons dans le coffre de la voiture.

— Êtes-vous certains de ne rien oublier? demande la mère de Thomas.

— Ouais, dit Thomas. Il faut juste aller chercher Justin.

Ils roulent jusque chez Justin. La mère de

Thomas klaxonne. Plusieurs minutes plus tard, Justin sort en traînant son énorme sac de gardien de but. Thomas aimerait avoir le courage de lui faire remarquer qu'il est toujours en retard.

Justin met son sac et son bâton dans le coffre.

— Ma mère m'a obligé à commencer mon devoir, grommelle-t-il. Je déteste tant écrire! Jusqu'ici, j'ai juste utilisé la question de Karine : Comment le hockey aide-t-il notre ville?

— Ai-je bien entendu le mot « devoir »? dit la mère de Thomas.

— On doit rédiger des questions au sujet de notre ville, répond Thomas.

— Quel genre de questions? demande sa mère.

— Qui apporte le courrier aux Flammes de Calgary? blague Mathieu.

— Un pompier! répond le père de Thomas en riant.

— Ouais! C'est en plein ça! À cause des Flammes!

Tout le monde rit.

— Voici une autre question, dit Mathieu. Contre quelle équipe on joue aujourd'hui?

— Contre les Ours de Boisfranc, répond Justin.

— Oh, non! Pas les Ours de Boisfranc! s'exclame Thomas. Ces gars sont ÉNORMES! Ils ont un géant à la défense! Il porte des épaulettes d'*homme*, et il est bien plus grand que moi.

— Ils me font peur, ajoute Mathieu.

— Les Ours devraient s'en prendre à la rondelle, pas aux joueurs, dit la mère de Thomas.

— Peut-être qu'Hubert sera votre arbitre! ajoute son père.

— Ouais! dit Thomas. Hubert l'arbitre! Hubert est super! Il va nous protéger!

— En fait, l'arbitre est là pour faire respecter les *règles*, dit sa mère.

Les garçons lèvent les yeux au ciel.

La voiture quitte la rue Principale et se dirige vers l'aréna. Thomas regarde l'horloge du tableau de bord. Son ventre se serre.

— Accélère, maman! On va être en retard!

Elle ralentit.

— Maman! Va plus viiiiite!

— Désolée, les gars, dit-elle en montrant le terrain de jeu. Je ne veux pas avoir une contravention.

Thomas plisse le front.

—Voici une question pour M. Woz : Pourquoi faut-il ralentir ici puisque ça nous met en retard pour la partie de hockey?

Hubert est super!

Les garçons entrent dans l'aréna et se hâtent vers le vestiaire. À l'intérieur, tous les autres joueurs sont prêts.

— Où étiez vous? demande Simon.

— Je commençais vraiment à m'inquiéter, dit l'entraîneur. N'oubliez pas que la règle est d'arriver une demi-heure avant le début de la partie.

Thomas déteste être en retard. Il regarde le reste de l'équipe sortir du vestiaire.

Mathieu garde les yeux baissés. Il cherche quelque chose dans son sac.

———— ● ————

Les deux équipes commencent leur échauffement. Les Faucons patinent rapidement

26

à reculons, en formant un cercle serré. Thomas s'élance sur la glace, les yeux baissés. En s'insérant dans le cercle de joueurs, il lève la tête et aperçoit... Hubert!

Hubert porte un pantalon noir, un chandail d'arbitre à rayures noires et blanches et un casque spécial pourvu d'une visière transparente. Il a un sifflet luisant fixé à ses jointures, et son livre de règles dépasse de la poche de son pantalon.

— Hé, Hubert! crie Thomas.

Hubert lève les yeux et lui fait un signe de main hésitant.

— Où est le juge de ligne? demande Thomas à l'entraîneur.

— Il y a seulement un arbitre aujourd'hui. Il va être occupé!

BIZZZZ! La sirène retentit.

L'équipe se rassemble autour de Justin. Les joueurs s'écrient : FAUCONS! puis se placent en position.

Hubert est au centre de la patinoire. Thomas essaie de rester calme, mais il sent l'excitation monter en lui. *Hubert est l'arbitre! Hubert est super! Hubert est le MEILLEUR!*

Il a toujours souhaité pouvoir jouer dans la même équipe qu'Hubert. L'avoir comme arbitre est presque aussi génial.

Hubert se penche en avant et donne un coup de sifflet. La rondelle tombe en oscillant. On a déjà vu mieux comme mise au jeu. Elle rebondit, puis roule comme un beigne en échappée.

D'un petit coup de sa palette, Thomas la projette en direction du centre des Ours. Un joueur adverse s'élance sur la glace. Hubert le suit, observant attentivement l'action.

D'une poussée qui fait mordre la glace à ses patins, Thomas se propulse vers la rondelle. Il avance son bâton.

TCHAC! Il sent ses jambes se dérober sous lui. Il tombe sur la glace.

La main d'Hubert s'élève et son sifflet retentit. Il signale au joueur des Ours qu'il a fait trébucher Thomas.

Ce dernier se relève en se frottant le poignet avec une grimace.

— Aïe! gémit-il doucement.

Il entend Hubert avertir le marqueur :

— Numéro 16 des Ours, deux minutes pour avoir fait trébucher.

Durant une seconde, la grimace de Thomas se transforme en sourire. Hubert est un excellent arbitre. Probablement le meilleur du monde... si on oublie la mise au jeu.

— ●—

Les Faucons jouent maintenant en avantage numérique, avec seulement quatre Ours sur la glace. Thomas est sur le banc des joueurs. Il éprouve une douleur lancinante au poignet.

— Ces gars sont énormes! dit Simon.

Thomas essaie de ne pas penser à la taille des Ours. Quand il s'est retrouvé devant le joueur de centre géant pour la mise au jeu, il a évité de le regarder. *Courage*, s'est-il dit. *Nous sommes les meilleurs! Nous sommes des CHAMPIONS!*

Au moment de retourner sur la patinoire, il regarde Mathieu et dit :

— C'est notre chance de compter. On est cinq contre quatre.

— Ne lâchez pas! leur lance l'entraîneur.

Thomas plonge dans l'action.

Les Ours ne faiblissent pas. Ils patinent devant le filet des Faucons, tentant de bloquer la vue de Justin. Ce dernier s'accroupit. Un Ours lui décoche un lancer du revers. Justin fait dévier la rondelle. Un autre joueur des Ours décoche un tir au but.

ZOUM! La rondelle glisse entre les jambes de Justin et entre dans le filet.

Thomas a le cœur serré. Comment les Ours ont-ils pu compter en désavantage numérique?

TRIIIII! Hubert donne un coup de sifflet. Mais il ne pointe pas en direction du filet. Il se croise les bras sur la poitrine, puis les écarte de chaque côté.

— Quoi? s'exclame Thomas en donnant un coup de coude à Mathieu.

— But refusé! annonce Hubert. Le filet était déplacé!

— Oooooooh! gémissent les joueurs sur le banc des Ours.

Ils secouent leurs bâtons et martèlent le sol

de leurs patins. Avec leurs chandails et leurs casques noirs, ils ressemblent à de *véritables* ours noirs en colère.

— YA-HOU! se réjouissent les Faucons pendant qu'Hubert replace leur filet dans la bonne position.

— Calmez-vous, leur dit l'entraîneur. L'arbitre pourrait nous donner une pénalité d'équipe.

— Pas Hubert! dit Thomas. Il est notre ami.

Le visage de l'entraîneur s'empourpre.

— En ce moment, Thomas, Hubert est d'abord arbitre, avant d'être votre ami.

Les Faucons contre les Ours

Deuxième période. Le pointage est 0 à 0.

— Allez, les Faucons! crient les spectateurs dans les gradins.

Mais malgré tous leurs efforts et leur rapidité, les Faucons n'arrivent pas à compter.

— Continuez d'essayer, leur dit l'entraîneur. Donnez-vous à fond!

Thomas essaie de se concentrer pour lancer et compter — et patiner vite. Le problème, c'est que patiner vite l'épuise. Et que les Ours, eux, semblent devenir plus grands, plus forts et plus rapides!

———•———

À la troisième période, le pointage est toujours 0 à 0.

— Allez, les Faucons! crient les joueurs sur le banc.

La rondelle traverse la patinoire, glissant d'un joueur à l'autre.

Finalement, Thomas a la rondelle. Le plus grand défenseur des Ours se précipite vers lui. Thomas fait une feinte et le contourne. *BOUM!* Le défenseur renverse Hubert et tombe sur lui. Tous deux se mettent à glisser en tournant sur la glace. *TRIIIII!* Hubert donne un coup de sifflet. Au même moment, Thomas décoche son super lancer frappé. *PING!* La rondelle s'envole dans le

filet.

— But! s'écrie Thomas avec excitation, en donnant des coups de poing dans les airs. Ouais!

— Ya-hou! s'écrient les Faucons.

— Yé! crient leurs partisans.

Mais Hubert signale un but refusé.

— Refusé? s'étonnent les Faucons.

Hubert patine vers eux en essuyant le givre de son pantalon.

— J'ai perdu la rondelle de vue quand le joueur des Ours est tombé sur moi, explique-t-il. J'ai dû donner un coup de sifflet pour arrêter le jeu.

— C'était un très beau but, dit Simon en donnant un coup sur l'épaule de Thomas. Moi, je l'ai vu.

Thomas patine vers le banc, déçu. *Comment Hubert a-t-il pu rater mon super lancer frappé... et mon but?* se dit-il.

— ● —

L'horloge indique que la partie tire à sa fin.

— Allez, les Faucons! hurlent les spectateurs.

Mathieu a la rondelle. Il patine coude à coude

36

avec un joueur des Ours en direction de la ligne bleue. Il lève son bâton pour faire une passe — *BOUM!* Le joueur des Ours tombe sur la glace.

Hubert donne un coup de sifflet.

Encore? se dit Thomas.

Puis il voit Hubert signaler une pénalité.

— Bâton élevé, dit l'arbitre en désignant Mathieu. Et hors-jeu! ajoute-t-il en montrant Thomas du doigt.

Ce dernier regarde ses pieds. Il est du mauvais côté de la ligne bleue. *C'est tellement injuste! On dirait que les Faucons ne font que des erreurs.*

Hubert accompagne Mathieu jusqu'au banc des pénalités.

— J'essayais juste de faire une passe, dit Mathieu.

Hubert s'arrête et le regarde.

— Où est ton protège-dents? demande-t-il.

Quand ta pénalité sera finie, tu ne pourras pas retourner sur la glace sans protecteur buccal.

— Hein? dit Mathieu. Mais je ne le trouve pas!

— Je pense qu'il est tombé quand tu as encouragé Hubert au dernier entraînement, dit Simon.

— Tu es exclu du match à compter de maintenant, déclare Hubert. C'est le règlement du hockey mineur.

Mathieu se laisse tomber sur le banc.

— Les gars, est-ce que je peux emprunter un protège-dents?

— *OUACHE!* s'écrient ses coéquipiers.

Hubert retourne se mettre en position et laisse tomber la rondelle sur le point de mise au jeu.

Les Ours gagnent la mise au jeu et se ruent sur la glace. Simon, qui patine à reculons, trébuche. Les Ours se retrouvent à trois contre un.

— Oh, non! s'exclame Thomas, qui essaie de les rattraper.

Tic. Tac. Toc. SWOUCHE! La rondelle se

retrouve au fond du filet, après un habile jeu de passes et un parfait tir au but des Ours.

— YÉ! crient les Ours en martelant la glace de leurs bâtons.

Justin sort la rondelle du filet. Thomas n'en croit pas ses yeux.

Hubert est pourri

Le pointage final est 1 à 0 — pour les Ours.

Lorsque Thomas se met en ligne pour serrer la main des joueurs adverses, il voit Hubert patiner lentement vers la sortie. Thomas est en colère. *Pourquoi Hubert a-t-il été si méchant avec les Faucons?*

Les commentaires fusent autour de lui pendant que l'équipe se dirige vers le vestiaire.

— Ton but aurait dû compter.

— On s'est fait voler la victoire.

— Hubert est *pourri!*

— Il donnait tout le temps des pénalités! Et même deux à la fois! C'est...

— ... incroyable!

— ... pas possible!

Assis dans le vestiaire bruyant, Thomas applique un petit sac de glace sur son poignet douloureux. Il jette un coup d'œil sous le sac. La peau est en train de devenir bleue.

L'entraîneur donne un coup de sifflet.

— Nous aurons beaucoup de travail au prochain entraînement.

Il agite la feuille de pointage et désigne la liste des punitions.

— Nous avons joué en désavantage numérique durant huit minutes en raison des pénalités. Toutes ces erreurs nous ont nui. Notre équipe est meilleure que ça! Rappelez-vous ce que j'ai dit au dernier entraînement : utilisez vos compétences au lieu d'essayer de jouer aux plus fins. Et portez votre protecteur buccal, dit-il en jetant un coup d'œil à Mathieu.

Puis il ajoute en regardant Thomas et Justin :

— Et soyez à l'heure!

Tout le monde inspire profondément. Les joueurs savent que les Faucons valent mieux que ça, et ce n'est pas agréable de se le faire dire.

L'entraîneur s'approche de Thomas.

— Comment va ton poignet?

— Ça va, répond-il, les yeux humides, même s'il sent son poignet enfler comme une grosse saucisse.

— Bon, dit l'entraîneur. Ce joueur des Ours t'as vraiment fait faire une mauvaise chute. Tu es chanceux que ton poignet ne soit pas cassé. Je déteste voir des joueurs se blesser, ajoute-t-il en soupirant. Peu importe dans quelle équipe. C'est ce qui a anéanti tous mes espoirs de jouer dans la Ligue nationale. J'ai été plaqué dans la bande et je me suis blessé au genou. Dans la LNH, personne ne veut d'un joueur avec un genou fragile. Ou un poignet abîmé.

Thomas avale sa salive. *Il a toujours rêvé de jouer dans la LNH!*

Justin regarde Thomas.

— Ce joueur des Ours aurait dû avoir une punition de cinq minutes pour t'avoir blessé. Il aurait dû être expulsé!

— Tiens, ce livre est tombé de la poche d'Hubert, dit l'entraîneur à Thomas en lui tendant le livre *Hockey Canada : Règles de jeu officielles*. Tu le lui donneras la prochaine fois que tu le verras.

Thomas enfouit le livre au fond de son sac, à côté de ses chaussettes sales.

Dans le pétrin

Dimanche.

Toc, toc, toc. Quand Thomas ouvre la porte, il aperçoit Justin, Mathieu et Simon, prêts à jouer au hockey de rue.

— Tes devoirs d'abord! crie sa mère de la cuisine. As-tu rédigé tes questions? Et révisé les règles du Monopoly?

Mathieu fronce les sourcils.

— J'ai trouvé une nouvelle question : pourquoi Hubert m'a-t-il donné une punition pour bâton élevé? J'essayais de faire une passe. Et le gars des Ours était bien plus grand que moi!

— Hubert est pourri, déclare Justin.

— Il nous a fait perdre avec toutes ces punitions! ajoute Simon en secouant la tête.

Thomas fait la grimace.

— Il n'a même pas vu mon but parfait!

— Tu parles d'un *ami*! disent-ils d'un commun accord.

— Allons voir nos statistiques d'équipe sur Internet, propose Thomas.

Ses amis enlèvent leurs bottes et le suivent dans le bureau de sa mère. Il clique sur l'icône de l'accès Internet et fait défiler le contenu pour trouver le site Web de Hockey Calgary.

— Le voilà!

Les garçons se pressent devant l'écran.

— Deuxième place *ex-æquo*! s'exclame Simon. Qu'est-ce qui s'est passé? On était les premiers!

— On est *ex-æquo* avec qui? demande Justin

— Heu... dit Thomas en examinant le tableau. Avec les Ours.

— Tu vois? dit Mathieu d'un ton sec. On aurait dû gagner cette partie. On aurait conservé la première place. Les Ours étaient derrière nous!

La mère de Thomas lance de la cuisine :

— Thomas, pendant que tu es à l'ordinateur, pourrais-tu envoyer un courriel à Hubert pour lui rappeler qu'il vient garder lundi?

Thomas ouvre le logiciel de messagerie et trouve l'adresse d'Hubert.

— Dis donc, dit Justin, tu es doué en informatique!

— Laisse-moi voir, dit Simon.

Thomas commence à écrire un message :

Cher Hubert,

Avec un petit sourire, il tape ensuite :

On s'est fait voler la victoire!
Mon but aurait dû compter!

Mathieu éclate de rire.

— Ouais, il aurait dû compter parce que tu l'as vraiment compté, ce but! Hé! Laisse-moi écrire quelques mots.

Il écarte Thomas du clavier et écrit à son tour :

Je n'ai pas vraiment élevé mon bâton. Et mon protège-dents me donne envie de vomir. En plus, ça donne des dents de lapin.

Ses copains ricanent.

— Non aux punitions! Non aux punitions! scandent-ils.

Justin ajoute :

Tu es pourri. Désolés. On n'aime pas les pourris.

Simon conclut :

De la part des gars avec qui tu étais gentil avant.

Thomas, Simon, Justin et Mathieu.

Il termine en ajoutant quatre *binettes* à

l'expression triste :

☹ ☹ ☹ ☹

Les quatre amis se tordent de rire. Thomas relit le courriel pendant que ses amis chantonnent :

— Non aux punitions! Non aux punitions! Hubert est pourri! Hubert est pourri!

Un frisson parcourt le dos de Thomas.

— Holà! On devrait effacer ce message et lui écrire un courriel au sujet de lundi. En plus, on ne le déteste pas. On déteste seulement certaines règles du hockey. Cette règle idiote qui dit que l'arbitre doit absolument voir la rondelle nous a fait perdre la partie.

Thomas déplace le curseur pour supprimer le message et clique.

— Oh non! s'exclame-t-il. Je pense que j'ai fait une gaffe!

L'écran indique : *Message envoyé*.

Un dessin représentant une enveloppe se déplace à la base de l'écran.

Tout le monde parle en même temps :

— Hé, je blaguais!

— Qu'est-ce qui est arrivé?

— On n'a pas fait exprès!

— Pourquoi ta mère voulait-elle qu'on lui envoie un courriel?

— Vite! lance Thomas, paniqué. Il faut lui en envoyer un autre.

Il écrit :

S'il te plaît, oublie le dernier
courriel. C'était une mauvaise
blague.

Il appuie sur le bouton Envoi. Il fixe l'écran

des yeux, puis regarde ses amis. Ils ont tous une mine coupable. Thomas se sent mal à l'aise. Son ventre se serre comme lors des épreuves de sélection de hockey.

— Pensez-vous qu'Hubert a vraiment reçu le premier courriel?

— Je ne sais pas, dit Justin. Nous n'avons pas d'adresse courriel.

— Hubert a le sens de l'humour, non? demande Mathieu.

— C'était juste une blague, ajoute Simon.

Thomas soupire.

— Que fait-on, maintenant? demande-t-il.

— Je dois rentrer chez moi, dit Justin.

Les autres hochent la tête.

— Hé, les Faucons, on est vraiment dans le pétrin, marmonne Mathieu en enfilant ses bottes.

— ● —

Thomas se sent mal. Il se glisse dans son lit, épuisé. Ses pensées s'emmêlent dans sa tête, comme un tas de vieux ruban gommé de hockey couvert de peluches de bas. Il en veut à Mathieu de ne pas avoir porté son protège-dents. Il est content que le joueur des Ours ait reçu une pénalité pour l'avoir fait trébucher. Il est content que le premier but des Ours n'ait pas compté. Il est fâché que son propre but n'ait pas compté. Il se dit qu'il aurait dû demander à l'entraîneur de lui expliquer la règle du hors-jeu. Il se dit qu'il n'aurait pas dû appuyer sur le bouton Envoi par erreur.

Puis il pense à Hubert. Pourquoi lui ai-je dit qu'on s'est fait voler la victoire? Pourquoi Justin lui a-t-il dit qu'il est pourri?

Hubert vient le garder tous les lundis. Et lundi, c'est demain.

Thomas commence à transpirer.

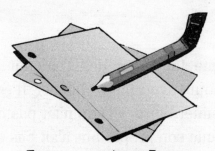

Les règles
de la classe

Lundi après-midi, après la récréation.

Mme Wong est devant le babillard et regarde les dessins.

— Merveilleux, dit-elle. Nous avons une pompière... un gardien des Flammes... une infirmière... M. Woz, l'agent... un conducteur de resurfaceuse... un menuisier... une coiffeuse... un arbitre...

Thomas regarde son dessin. Les rayures verticales du chandail d'Hubert sont bien droites et il fait un grand sourire. Thomas se demande si Hubert sourit aujourd'hui.

— Et maintenant, voyons vos questions, dit l'enseignante. Justin a mis une question à côté de son dessin de gardien de but : Comment le hockey aide-t-il notre ville? Bonne question, Justin.

Elle plisse le front, puis ajoute en souriant :

— J'aimerais y répondre. Je crois que notre équipe de hockey locale réprésente notre ville et nous en sommes fiers. J'ai moi-même un chandail des Flammes et un drapeau sur ma voiture!

— Allez, les Flammes! crient certains élèves.

Elle a raison, pense Thomas. *Notre équipe de hockey nous rend fiers.* Mais il n'éprouve pas cette fierté en ce moment. En ce moment, il se sent plutôt tout à l'envers.

— Oh là là! s'exclame Mme Wong en regardant le plus gros dessin sur le babillard. On dirait que c'est moi!

— C'est *vous*! s'écrie Karine. Avec des boucles d'oreilles en diamants! Lisez ma première question, madame Wong!

— D'accord. La voici : Comment décidez-vous quelles règles appliquer dans la classe?

Mme Wong réfléchit un moment.

— Eh bien, ces règles concernent la sécurité, le respect et le travail scolaire. J'essaie toujours d'être juste. Le règlement permet de rendre les choses équitables pour tous. Des règles pour être juste, être juste grâce aux règles! scande-t-elle en tapant des mains.

Thomas sourit. Il aime bien Mme Wong.

Elle regarde sa montre et ajoute :

— Bon, les enfants, *si* vous avez ajouté vos questions au babillard, et *si* vous avez révisé les règles du Monopoly, vous pouvez jouer au Monopoly jusqu'à ce que la cloche sonne.

— Amélie! Julianne! lance Karine. Venez,

prenons la table mauve!

— Youpi, on joue au Monopoly!

Tout le monde se dirige vers les jeux. Sauf Thomas. Il regarde sa page blanche et pousse un gros soupir. Il sait que c'est juste. Mme Wong ne fait qu'appliquer le règlement selon lequel il faut faire les devoirs d'abord.

Il reste à son pupitre en écoutant les autres jouer au Monopoly.

— J'achète la Promenade!

— J'ai le Stationnement gratuit.

— Lance les dés!

— Va directement en prison.

— Ça coûte 50 dollars.

— Tiens, c'est ton tour.

Il essaie de trouver de bonnes questions pour accompagner son dessin. Doivent-elles porter sur le gardiennage ou sur le travail d'arbitre? Son esprit retourne toujours au même sujet : le courriel.

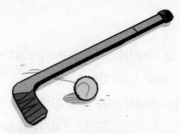

Ce n'est pas tout de gagner!

À 16 h, les garçons sont chez Thomas et jouent au hockey dans la rue. Simon et Mathieu affrontent Thomas et essaient de déjouer Justin dans les buts. Le pointage est 3 à 0 pour Simon et Mathieu.

Simon a la balle. Il fait une passe à Mathieu. Ce dernier exécute un lancer du poignet percutant. *Bam!* La balle s'envole dans le filet.

— Ouais! se réjouit Simon. Un autre but!

Thomas a besoin d'aide, seul contre deux adversaires. Où est Hubert?

Justin relance la balle dans la rue.

Thomas part à sa poursuite. *Vite, vite, vite!* se dit-il en filant comme une flèche. Simon et Mathieu le rattrapent. Thomas se retourne, protégeant la balle de sa palette. Mathieu l'intercepte... une fois de plus.

Thomas pousse un soupir de frustration. Deux contre un, c'est de l'arnaque. Comment pourrait-il gagner? Il n'a aucune chance.

Mathieu fait une passe à Simon. Simon lui renvoie aussitôt la balle. Soudain, Thomas pousse légèrement l'extrémité de son bâton entre les jambes de Mathieu.

— *Hé!* s'écrie Mathieu en tombant.

Thomas saisit la balle et effectue un lancer foudroyant. *PAF!* La balle frappe la barre horizontale, faisant glisser le filet sur l'asphalte. Justin le replace pendant que Simon court dans la rue à la poursuite de la balle bondissante.

Mathieu se relève en essuyant la neige sur son jean qui a une déchirure au genou.

Thomas frappe le sol de son bâton.

— Pas de but, encore une fois! dit-il.

Mathieu le montre du doigt en s'écriant :

— Tu m'as fait trébucher! C'était un coup bas, juste parce que tu voulais marquer un but!

— Moi, un coup bas? Tu as plus de pénalités que tous les joueurs de l'équipe! lance Thomas. Souviens-toi, les Ours ont marqué parce que *tu* as reçu une punition!

Mathieu lui lance un regard furieux.

— Allez, les gars, arrêtez de vous disputer! dit Simon. Ce n'est pas tout de gagner!

Thomas regarde le genou déchiré de Mathieu. Ce n'était pas juste de l'avoir fait trébucher.

— Excuse-moi, dit-il.

— Bon, on joue? dit Simon en envoyant la

balle à Mathieu.

Ce dernier reçoit la passe et se retourne. Thomas, qui est derrière lui, s'empare de la balle en la soulevant de sa palette, puis s'éloigne en maniant le bâton. Justin s'accroupit devant le filet. Thomas décrit une grande courbe, puis pousse la balle d'un coup léger. Elle entre dans le filet.

— But! s'écrie Thomas en donnant un coup de poing dans les airs. Enfin!

— Tout un lancer! s'exclame Justin.

— Formidable! renchérit Simon.

— Oui! dit Mathieu en lui donnant un coup de poing sur l'épaule. Tu es super!

Simon lève le poing et les trois autres le frappent de leur poing fermé.

Thomas regarde à l'autre bout de la rue. Où est donc Hubert?

Temps d'arrêt

Une voiture roule lentement dans leur direction.

— C'est ma grand-mère! dit Thomas en agitant la main.

Qu'est-ce qu'elle fait ici? se demande-t-il.

Sa grand-mère immobilise la voiture et en sort avec une boîte de biscuits.

— Bonjour, les garçons! Que diriez-vous d'une petite pause?

Elle soulève le couvercle et les garçons ne se font pas prier pour prendre chacun un biscuit tendre débordant de pépites de chocolat.

— C'était toute une partie de hockey que vous avez disputée l'autre jour, leur dit-elle.

— On a perdu, grogne Justin.

— J'ai bien vu ça, réplique-t-elle.

— On était très fâchés, dit Thomas. On a reçu toutes sortes de pénalités.

— Eh bien, moi aussi, j'en ai eu une! dit-elle. J'ai reçu une contravention. Il faut respecter les règles! Maintenant, tu devrais rentrer, Thomas. Il fait trop froid pour jouer dans la rue. En plus, c'est dangereux.

Justin donne un coup de coude à Simon, qui en donne un à Mathieu. Quand Hubert garde Thomas, ils jouent toujours dans la rue, même lorsqu'il neige.

Thomas chuchote à ses copains :

— Revenez après le souper. On jouera au hockey, on mangera d'autres biscuits et peut-être qu'Hubert sera là.

Sa grand-mère intervient :

— Après le souper, Thomas aura autre chose à faire. Ses devoirs, par exemple.

— Et Hubert? demande Simon.

Elle ramasse la balle et la met dans son sac.

— C'est moi qui garde ce soir. Dis au revoir à tes amis, Thomas.

Elle se dirige vers la maison et ouvre la porte.

Qu'est-ce qui se passe avec Hubert? se dit-il, l'estomac noué.

— Penses-tu qu'il a démissionné? lui demande Justin.

— Rentre immédiatement! ordonne sa grand-mère.

Se pourrait-il qu'Hubert ait démissionné? Thomas a l'impression qu'il vient de se faire plaquer. Il a envie de pleurer, comme la fois où il s'est fait plaquer durement contre la bande.

Le respect mutuel

Thomas enlève ses gants de hockey et ses bottes dans l'entrée. Il a une boule de la taille d'une rondelle dans la gorge.

— Que préfères-tu en premier? Faire tes devoirs ou prendre une douche? demande sa grand-mère.

— Heu... commence Thomas. Un de mes devoirs est de jouer au Monopoly.

— Merveilleux, dit-elle.

Ils sortent le jeu.

— Que dirais-tu si je te laissais avoir deux tours au lieu d'un? propose-t-elle. Et tu n'iras pas en prison. En plus, tu pourras recevoir *cinq cents* dollars chaque fois que tu passeras *Go!*

— Grand-maman! proteste Thomas. Ce serait

trop facile!

— Tu n'aimes pas gagner? dit-elle en lui faisant un clin d'œil.

Thomas réfléchit. *J'aime gagner. C'est plus agréable que de perdre. Mais... m'a-t-elle laissé gagner, toutes les fois où on a joué?* Une petite lumière s'allume dans sa tête.

— Veux-tu dire que je *ne* suis *pas* le meilleur joueur de Monopoly? demande-t-il en regardant fixement sa grand-mère.

— Eh bien, peut-être que je t'ai souvent laissé l'avantage, admet-elle.

— Oh non! Eh bien, c'est fini! déclare Thomas. Je dois jouer selon les règles. Toutes les règles. La semaine prochaine, je jouerai peut-être contre M. Woz. Et il faut que ce soit une partie juste!

Sa grand-mère sourit.

— D'accord, Thomas, tu l'auras voulu! Plus de propriétés à moitié prix!

Elle lui tend les règles du Monopoly.

Thomas commence à lire.

— À partir de maintenant, fais attention, dit-elle. Je suis très bonne à ce jeu. Et je te préviens : je vais être à cheval sur le règlement!

— D'accord! dit Thomas.

Il se demande s'il va réussir à la battre. *C'est plutôt amusant de penser que je dois faire de mon mieux et jouer selon les règles sans être certain de gagner.*

Le téléphone de sa grand-mère sonne et elle va répondre dans le couloir.

Thomas a une idée.

Je vais commencer mon autre devoir. Il prend son sac à dos et s'assoit à la table de la cuisine. Il tapote son crayon de hockey en pensant à ses questions et à Hubert. Finalement, il écrit :

Cher Hubert,
Ce n'est pas bien de dire à un arbitre qu'il est pourri.

— Non! dit-il en chiffonnant le papier.

Il recommence :

Cher Hubert,
C'est bien qu'un arbitre soit à cheval sur
le règlement.

— Non! répète-t-il en froissant la feuille.

Il recommence de nouveau :

Cher Hubert,
Je suis vraiment désolé pour le courriel.
S'il te plaît, veux-tu redevenir mon
gardien? On t'apprécie beaucoup, tu sais!

Il appuie si fort sur le crayon qu'il se casse en deux. Il se lève pour aller chercher du ruban adhésif dans le tiroir. Comme il n'en trouve pas, il fouille dans son sac de hockey à la recherche de son ruban gommé. Ce dernier est collé au petit livre d'Hubert, *Hockey Canada : Règles de jeu officielles.*

Sur la couverture, on voit un arbitre et le message suivant : Respect mutuel. Joueurs. Entraîneurs. Officiels. Parents.

Thomas ouvre le livre. À la page 12, il lit ce message de Hockey Canada : « Un match doit être arbitré en stricte conformité avec les règles de jeu. »

Chaque règle est inscrite en noir sur blanc, accompagnée d'une photo. Chaque règle est clairement énoncée par Hockey Canada. Chaque règle que les Faucons ont enfreinte. Hubert essayait seulement d'être un bon arbitre.

Thomas enroule un morceau de ruban gommé autour de son crayon. En tenant fermement la partie cassée, il écrit :

Être un arbitre doit être difficile. Il faut patiner très vite. Et savoir quand donner un coup de sifflet. Il faut se rappeler toutes les règles, même celles que personne n'aime. Mme Wong dit qu'un enseignant applique des règles pour être juste. Tu m'as fait comprendre qu'un arbitre doit suivre les règles du hockey, peu importe la situation. Et tant pis si ses amis ne sont pas contents.

Ton ami, Thomas.

P.S. Ce n'est pas tout de gagner.

P.P.S. Tu peux manger tous les biscuits.

P.P.P.S. Tu n'es pas vraiment pourri.

P.P.P.P.S. Mon seul but, c'est que tu sois mon gardien! Comprends-tu? GARDIEN, BUT?

Au bas de la feuille, il dessine un chandail d'arbitre avec son marqueur noir.
Puis il plie la lettre et la met dans la boîte de biscuits de sa grand-mère. Elle acceptera peut-être de le conduire jusqu'à la maison d'Hubert. Il pourrait laisser la boîte sur le perron.

Il soupire. Il aurait dû s'arrêter avant d'écrire ce message avec ses amis. Il ferme les yeux et imagine un sifflet géant d'arbitre. *TRIIIII! ARRÊTEZ!* Soudain, il pense à une bonne question pour son devoir : *Les matchs de hockey seraient-ils différents s'il n'y avait pas de règles?*

Vive le hockey!

Sa grand-mère entre dans la cuisine en boutonnant son manteau.

— Oh, il neige! dit-elle en regardant par la fenêtre. Je dois partir avant que les routes ne soient trop mauvaises.

Elle lui tapote l'épaule.

— Tu t'en vas? demande-t-il.

— Hubert est ici. Il va te garder jusqu'au retour de tes parents, dit-elle en ouvrant la porte. J'étais seulement venue en attendant qu'il arrive. Je te verrai au prochain match. Allez, les Faucons!

Elle sort en lui faisant signe de la main.

Hubert entre. Ses cheveux sont mouillés et ses joues sont rouge vif.

Thomas rougit. Il ne sait pas quoi dire. Il va

chercher la boîte de biscuits.

Hubert lit la lettre à deux reprises. Il mange deux biscuits.

Thomas avale sa salive. Il a un peu mal au cœur. *Qu'est-ce qu'il pense?* se demande-t-il.

Finalement, Hubert lui dit :

— Je joue au hockey depuis des années. Je n'ai pas toujours aimé les décisions des arbitres, moi non plus. J'ai été suspendu trois fois. Un jour, je me suis cassé le bras. Puis j'ai compris. C'était quand je jouais de mon mieux, selon les *règles*, que je m'amusais le plus. Et maintenant, je sais à quel point il est difficile d'être un arbitre, conclut-il en avalant un autre biscuit.

Thomas pousse un soupir de soulagement. *Fiou!* Hubert n'est pas trop fâché, après tout. Il est vraiment génial.

— Peut-être qu'un jour, tu seras un arbitre et tu comprendras! dit Hubert en lui ébouriffant les cheveux.

Thomas sourit. Il aimerait bien être un arbitre. Il est content d'avoir choisi Hubert pour son devoir.

Hubert plonge la main dans son sac de sport. Il en sort une pochette contenant quatre trucs verts de forme indistincte.

— Ce sont des protège-dents. On en distribuait gratuitement au stage d'arbitrage. Tu en donneras un à Mathieu, d'accord? Tu sais que vous devez les porter pour éviter les blessures.

Et les punitions! ajoute-t-il avec un clin d'œil.

— Merci, dit Thomas en souriant. Est-ce que je peux lui téléphoner pour le lui dire?

— Bien sûr! dit Hubert en lui rendant son sourire. Invite-le, si tu veux. Et aussi Justin et Simon. On jouera au hockey dans la rue!

Il avale deux autres biscuits.

— Ya-hou! lance Thomas.

Après avoir appelé ses copains, il enfile son chandail des Flammes et s'écrie :

— On joue selon les règles, maintenant!

— Super! dit Hubert en ouvrant la porte de la maison.

Des flocons de neige voltigent dans la lumière du lampadaire. En sortant le filet du garage, Thomas demande à Hubert :

— Si tu étais invité, penses-tu que tu pourrais venir dans ma classe?

———— ● ————

Simon, Mathieu et Justin s'approchent timidement d'Hubert. Simon parle en leur nom :

— Excuse-nous pour le courriel.

Les trois garçons ont une mine sérieuse.

— Tiens, c'est pour toi, ajoute Mathieu en lui tendant un sac de croustilles aux cornichons. Je vais surveiller la hauteur de mon bâton à l'avenir.

Hubert lui fait un sourire en coin et réplique :

— Ce sont les règles du hockey! C'est une question de respect mutuel!

Pendant que Justin attache ses jambières, Hubert déclare avec un air malicieux :

— Les gars, Thomas dit qu'on va jouer selon les règles, maintenant. Alors, je vais vous en apprendre une autre : quand les Flammes sont en éliminatoires, il est INTERDIT DE SE RASER! Ça porte malheur!

Tout le monde éclate de rire.

Thomas sort son marqueur noir de sa poche. Il trace un trait au-dessus de sa lèvre supérieure.

— Quelqu'un d'autre veut une moustache?

— Moi! Moi ! dit Mathieu. Une grosse moustache tombante!

— Je veux une barbe! lance Simon.

— Une moustache et une barbe pour moi, ricane Justin.

— Une barbiche juste ici! dit Hubert en désignant son menton.

Lorsqu'ils ont terminé, ils se regardent et s'écroulent dans le banc de neige en riant.

Hubert leur tend la balle.

— Allez, les gars! Je suis prêt! On joue?

Il laisse tomber la balle et fait une passe à Thomas.

Ce dernier effectue un lancer.

— Ya-hou! s'écrie-t-il. Vive le hockey!

Hubert est vraiment le meilleur gardien du monde, se dit-il. *Et le meilleur arbitre!*